しげあんちゃん

六十年の沈黙を乗り越えた
男性と家族の軌跡

日高四郎 著

鉱脈社

はじめに

昭和三十三年五月、父の日高敏美（故人）が宮崎市本郷南方に日高医院を開業しました。私が三歳の時でした。当時は田んぼと畑が広がり、周囲の人家はほとんどが農家でした。

父は午前中外来診療をして、午後からはスクーターで往診をしていました。数年後、運転免許を取得し乗用車での往診になりました。

その頃から私は乗用車の後部座席に乗り、往診に着いていくことが多くなりました。細長く続く砂利道に揺れる車の窓を大きく開けて、顔に田舎の風をいっぱい受けながらどこまでも広がる田園を眺めて楽しんでいました。

往診先の農家に着くと牛や豚やアヒルがおり、トタン屋根の家の中には父の往診を喜ぶおばあちゃんが寝ていました。牛や豚に餌をやったり藁を運んだりと泥だらけの長靴で忙しそうに働く息子さんがヨレヨレの帽子を脱いで、「いつもすみません、有難うございます」と深々と頭を下げます。

寝ていたおばあちゃんは幼い子どもが往診に着いてきたことに気付き、とても喜んで起き上がります。「ああ、息子さんですか。こんな所までよう来てくれましたねぇ、ありがとうねぇ」という会話の中で、父の優しい診察が始まります。その横にちょこんと正座して診察の様子を見ていました。

診察が終わると、赤い紙と白い紙で別々に包んだ粉薬を、日高医院と書いてある紙袋から出してゆっくりと飲み方を説明しています。息子さんにも何か説明しているようです。

この頃の粉薬は、今のように袋入りではなく薬包紙に包んであり、その形が家のように見えたことを記憶しています。

往診代は、お金の代わりに野菜やスイカ、卵がほとんどで、それらを後部座席に並べていました。往診が終わった後は、揺れる後部座席でもらったスイカが転ばないよう手とお尻で押さえ、夕陽に照らされ一面金色に染まった景色を眺め「きれいだなぁ」「お父さんの仕事は楽しいなぁ」と思いながら帰りました。

それから三十数年後、私は四十歳で長崎の病院勤務を終え日高医院に帰って来ました。三歳と四歳の男の子、そしてもうすぐ生まれる男の子と妻の五人で帰って来ました。高齢になった父と一緒に外来診療を行い、午後は妻の育児負担を軽くするために男の子二人を車の後部座席に乗せて往診に行くという生活が始まりました。

あの頃、父と一緒に走った砂利道は舗装され、どこまでも広がっていた田園の真ん中にはバイパスが走っています。後ろに乗っている子どもたちも窓を大きく開けて外を見ています。

父と同じことをしている自分に気づき、父の背中の大きさを感じながら地域医療が始まりました。

そのような中で、六十年間もしゃべらなかった男性とその母親に出会いました。二人を支える家族も含めて十九年間お付き合いすることになりました。

その過程で、医療とは、地域医療のあり方とは、生きるとは、老いとは、家族とは、人生の終わり方とは……多くのことを考えさせられました。

たぶんこれまでにどこでもあったと思われる様々な親子の実話が、ほとんど表に出ないまま埋もれていったと思われます。本書はそうした埋もれさせてはいけない話の一例です。

地域を支えている医療、介護の関係者、老老介護中の方、育児中の方が本書に触れていただくことで、様々な問題を抱え、親の下に生まれ、超高齢化の時代を生きる私たちはどのように生きていけばよいのかを考える一つの参考になれば幸いです。

目次

第三章　家族の絆

しげあんちゃん

――六十年の沈黙を乗り越えた男性と家族の軌跡

第一章　六十三歳からの新しい人生

「本当に聞こゆっとですか！」しげあんちゃんとの出会い

平成七年三月宮崎に戻り、父の地域医療をそのまま引き継ぐことになりました。長崎の救急病院での研修、勤務医の時は、ほとんどが病院内の仕事で患者さんの生活の場に接することはほとんどありませんでした。宮崎に帰ってからは、午前中外来、午後から往診をして地域のお年寄りとゆっくり話をして穏やかに過ごすという今までにない心地良い日々が始まりました。

それから数か月経った頃でした。

「障害のある息子が熱を出しているので、往診してもらえんやろか」と、高齢の女性が私どもの医院を訪ねてきました。まだしっかりした小柄のおばあちゃんでした。「はい、いいですよ。名前と住所、電話番号を教えてください」と返事して、午後から伺いました。

おばあちゃんの自宅には、高齢の男性がベッドに横たわっていました。

「こんにちは。どんなありますか」と尋ねると、高齢の母親が、

「息子は耳が聞こえんで話もできんとですよ。小さい頃に高い熱を出し、その後から頭がおかしくなってしゃべらんなったとですよ」と説明してくれました。

本当に聞こえないのだろうかと思い、胸の聴診を終えた後に、聴診器を息子さんの両耳に着けさせて胸に当てる部分のベル面を手の平で軽く叩いてみました。すると、びっくりして目をパッチリ開けるではないですか。

「お母さん、息子さんは補聴器を使えば聞こえますよ！　補聴器を両耳に着けて発声練習をすれば、話せるようになるかも知れませんよ」と説明しました。

高齢の母親は、信じられない様子で「本当に聞こゆっとですか。補聴器を使えば聞こゆっとですか。これまで六十年間そんげな検査を受けたこともなかったもんな。もう頭がダメになって何しても分からんとやろうと思っとったとですよ」と少し動揺しながら言われました。

聴診器を息子さんの両耳に着けたまま聴診器のベル面をマイク代わりにして、大きい声で「アー、アー」と言ってみました。少し聞こえるのか、目をキョロキョロしながら表情が少し変わりました。

今度は口を大きく開けて息を吐く練習をさせてみました。どうしてよいのか分からない様子でしたが、少しずつ息を吐く動作が始まり、何度かしているうちに、ため息のような小さな声が聞かれました。

「お母さん、補聴器を着けて練習を続ければ声が出るようになりますよ」と言ってお母さんを見ると、悔し涙を流しながら「私がバカやった。ちゃんと耳の検査をさせておけば今頃普通にしゃべっとったかもしれん。何であと十年でも早く先生と出会わんかったとやろか。早よ気づけば……」と息子さんの前で立ったまま泣いておられました。

「あ、のどからの熱でしたね。薬を出しておきますから……」と、本来の目的を思い出してその日は帰りました。

男性は、二歳まではおじいちゃんとしゃべっていましたが、三歳になる年に四十度を超える高熱を出し、それからしゃべらなくなったということでした。そして六十年が過ぎ、六十三歳になった茂雄さんと出会ったのでした。

これがその後「お、か、あ、さ、ん」と発声する、〝しげあんちゃん〟との出会いでした。

平成7年3月、故郷宮崎に戻り父の地域医療を引き継いだ筆者（左）は、60年間話すことのなかった茂雄さん（中央）とその母スナヲさん（右）に出会った

この子が死ぬまで生きとかんにゃいかん！

しげあんちゃんこと茂雄さんは、七人兄妹の長男として昭和七年一月三十一日に生まれました。

祖父は孫の茂雄さんをとても可愛がり、茂雄さんはいつもおじいちゃんとよくしゃべり楽しく過ごしていたようです。しかし当時の農家は貧しく、子どもが熱を出したからといってすぐに病院に連れていく余裕はありませんでした。そのようななかで、四十度を超える高熱を出した後から急におとなしくなり、茂雄さんはしゃべらなくなりました。体は元気でよく動いていたようです。

7人兄妹の長男として昭和7年に生まれた茂雄さん（右から2番目／昭和17年6月）。兄妹は誰も、茂雄さんの声を聞いたことはなかった

小学校に入る年齢になったとき、母親のスナヲさんは自宅から遠い都城市にあった、現在でいう養護学校に連れていき、入学させました。しかし父親は戦争に行くことになり、学費の支払いが続かず半年ほどで連れて帰ることになったそうです。その後は家の農作業の手伝いをすることになります。そのため、学校での読み書きの学習を受けることがないまま過ごすことになりました。

青年になり力も強くなると、耳が聞こえず文字が読めなくても農業の仕事をしっかりこなせるようになりました。耕運機も見様見まねでしっかり操作していたようです。そんな生活が続いてしばらく経った時です。近くの宮崎空港に着陸体勢に入ったジェット旅客機が上空を通過する度に見上げるしげあんちゃんがいました。それでも家族は、たまたま空を見上げているだけだと思い、大きな音が聞こえるとは思っていなかったようです。

それから月日が過ぎたある時、しげあんちゃんは溝に足を突っ込み、右膝のすぐ上の大腿骨を骨折します。整形外科を受診しましたが、その時の治療法についてどのような話し合いがあったかは分かりません。入院はせずにギプス固定の治療になったようです。母親の判断だったのでしょうか。

結果として骨はつながりましたが、右膝の関節が固まり右膝を曲げることができなくなりました。さらに長年の力仕事の後遺症でしょうか、左肩の炎症で腕が上がりません。そのような状況で農作業も以前のようにはできず、外出も少なくなりました。

そして平成七年七月六日、前述のように私どもの医院に往診の依頼があり、六十三歳になっていた茂雄さんに出会いました。お父さんはその十七年前に心不全で亡くなり、八十六歳になるお母さんと長女そして長女の夫の四人で生活しておられました。他の妹さんたちは嫁いで、遠方に住んでおられました。

　長女夫婦は日中仕事で家にはいません。元気なお母さんであるスナヲさんが毎日を切り盛りしておりました。

　スナヲさんと茂雄さんはしっかり母と子の関係を築いており、茂雄さんは反抗することもなくスナヲさんの指示どおりに動いていました。しかし、スナヲさんの指示は言葉ではなく、指で方向を示したり、顔の表情や腕の動かし方で次に何をするかを伝えたりしていました。何かするときに茂雄さんが間違うと、スナヲさんが右足で床を「ドン」と鳴らし修正していました。スパルタに近い厳しい教育ママのような印象でした。

　スナヲさんに「どうしてそんなに元気なんですか？」と訊くと、「私は茂雄が歳とって死ぬまで生きとかんにゃいかん。そんためには、元気でおらんにゃいかんとです」と、自分の人生すべてをかけて茂雄さんを守る強い母親の言葉が返ってきたのでした。

しげあんちゃんがしゃべった！
新しい人生の始まり

平成七年七月十八日より聴診器を使っての発声練習が始まりました。

新聞折込広告紙の裏に大きく「あ・い・う・え・お」と書き、その横に「あ」「い」「う」「え」「お」のそれぞれの口の形の絵を描きました。茂雄さんの耳に聴診器を着け、マイク代わりの聴診器のベル面に大きい声で「あ〜」と言いながら絵に描いた口の形を見せました。

まず同じような口の形を作る練習をして、いよいよ声を出す練習を始めました。最初は息を吐くだけの「あ〜」でした。それを繰り返すうちに声としての「あ〜」になっていきました。同じように「い〜」、「う〜」、「え〜」、

「お〜」の発声練習をしました。
「う」に関しては、いつも軽く口を開けていることが多いためか、小さい口を作ることができず、「お」に近い「う」になってしまいます。そのため下の顎を右手で押し上げて小さい口を作る練習を始めました。そうすると、どうにか「う〜」の音になりました。その後、下の顎に手をやることが「う」の発音をするお互いの合図になりました。

音を聞くこと、そして聞こえることの喜びが増えてきました。テレビのイヤフォンを付けてボリュームをいっぱいに上げると、今までにない経験をしているのでしょう、目を大きく開け、テレビの音に合わせて頭を前後に動かしたり、母親の方を見たりしていました。

その後、週三日、一時間ずつ発声練習をしました。それからは急速にアイウエオの発声がよくなり、「あ」「い」「う」「え」「お」と聞こえるようになりました。

十日後の七月二十八日には「え、しげあんちゃんが話すようになった？」と遠方から妹さんたちが駆けつけました。

しげあんちゃんが「あ〜」「い〜」「う〜」「え〜」「お〜」と発声するのを見ていた妹さんたちが、母親のスナヲさんと一緒に、「信じられない、本当にしげんあんちゃん？　自分たちが生まれて来て一度もしげあんちゃんがしゃべるのを見たこともなかった、本当にしゃべれるっちゃね〜」と、みんなでしげあんちゃんの顔を泣きながら見つめていました。

スナヲさんが「そう言えば、飛行機が上を通るときに空を見よったわ。もしかしたら飛行機の音が聞こえよったとやろか」と、いろいろと過去の出来事を思い出しながら泣いておられました。

しげあんちゃんの新しい人生の始まりでした。

ウォークマンに三面鏡、試行錯誤の発声練習

八月に入り「あいうえお」の発音がさらにはっきりしてきました。

スナヲさんには補聴器を二つ準備するようにと伝えました。補聴器の準備ができるまでの間は、昔のウォークマンを使い仮の補聴器にしました。

ウォークマンを録音状態にして、音量を最大限に上げ、イヤフォンを両耳に付けると、ウォークマンのマイクから入る音が大きくなり、茂雄さんの自分の声も聞こえるようになりました。これにより、茂雄さんの発音と私の発音の違いが分かるようになりました。

さらに三面鏡の前に二人で並び、お互いの口の動かし方が分かるようにし

ました。

まずは基本の「あいうえお」を一緒に大きく口を動かしながら、鏡の前で発声練習しました。自分の声が聞こえること、私の声が聞こえること、自分の口の動かし方と私の口の動かし方の違いが分かることで、発音の習得は今までになく速くなりました。

どんな発音ができるのか、私が五十音をいろいろ発音してみました。やはり急にはできません。しかし、口を大きく開け舌の先を上顎に当てながら「う〜あ」と発音すると、「ら〜」のような音になりました。これを繰り返すことで少しずつ「ぅら〜」になってきました。

横で見ているスナヲさんは、少しずつ上手になる茂雄さんを見ながら喜びつつも、「早よしゃべらんかー！」と焦る表情がいつも見られました。その度に、

「まーまー、スナヲさん、まだ始まったばかりですよ。ゆっくりいきまし

ょう」

となだめることが多くなりました。

九月に入り「ん」の発音の練習を始めました。口を閉じたまま声を出すように指導しました。「ん」らしい音は聞かれますが、口は閉じていても顎が緩んだ状態のままの発音のため、口の中にこもった音になってしまいます。

自分では当たり前に発音する「ん」が、茂雄さんにはどうしてできないのだろうか。どうすればできるようになるのだろうか。私にとって、人生初めての発語訓練の難しさが少しずつ顔を出し始めました。

仕事から帰った夜は、風呂の中で「あ〜」「う〜」「お〜」「ら〜」「ん〜」「は〜」「ひ〜」「ふ〜」「へ〜」「ほ〜」「な〜」「に〜」「ぬ〜」「ね〜」「の〜」……と、それぞれの音を発音しながら、口や舌の動き、鼻からの音の出し方などを研究する毎日となりました。

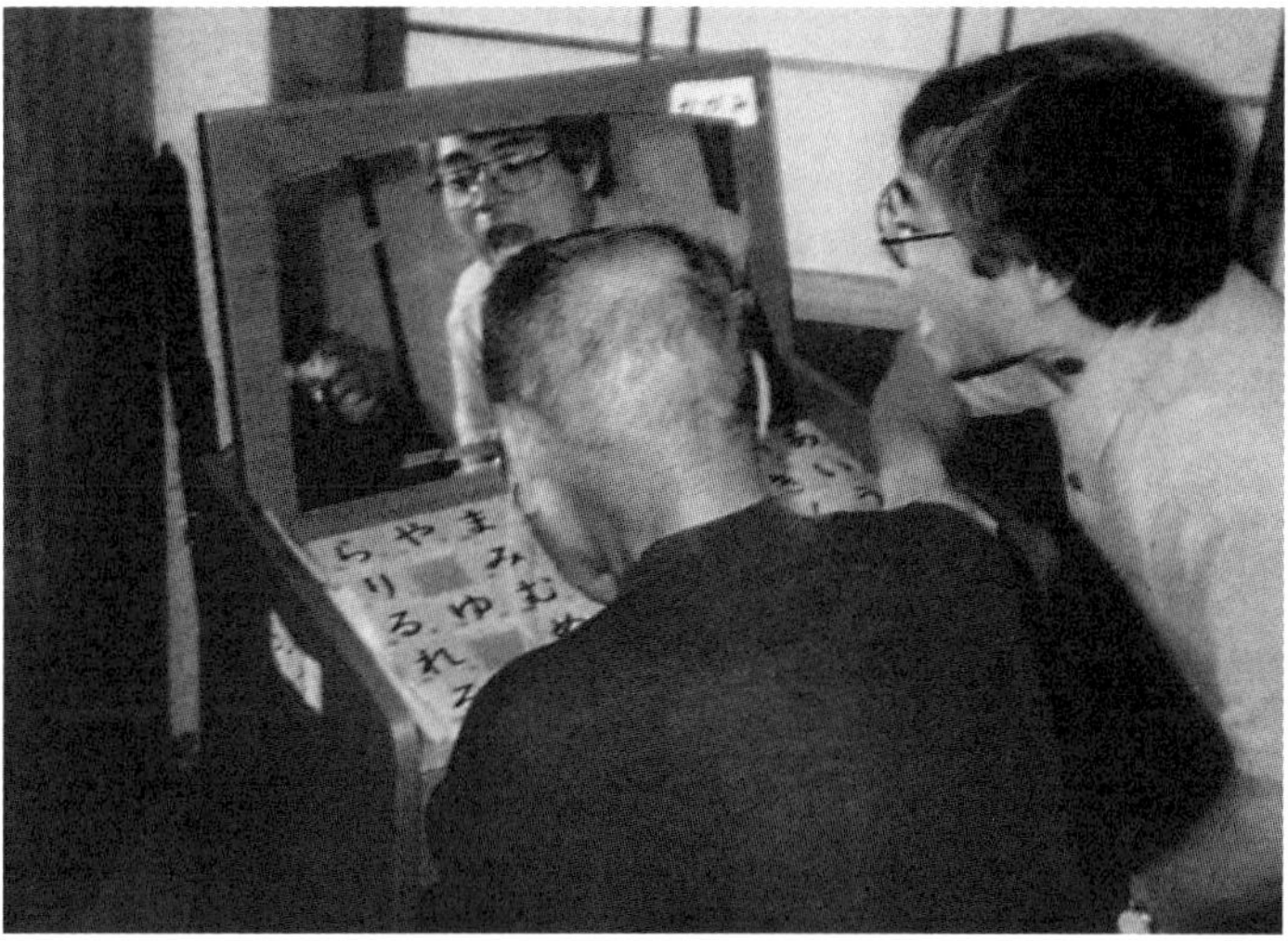

鏡の前に二人で並び、お互いの口の動かし方を確認しながら発声の練習に取り組む。子ども用の積み木が活躍した

人生初の補聴器、家族の声が聞こえた！

三面鏡に顔を近づけ、息を吹きかけて鏡を曇らせる練習を始めました。

鏡を曇らせながら「あ　い　う　え　お」を同時に発音してもらいました。

すると、「ほあ～」「ほい～」「ほう～」「ほえ～」「ほお～」の発音になりました。

その次に、ティッシュペーパーを細く薄く裂いてそのティッシュペーパーを吐く息でしっかり揺らす練習を始めました。そして、鏡を曇らせた時と同じようにティッシュペーパーを揺らしながら、「あ　い　う　え　お」を同時に発音してもらいました。口を大きく動かすようにと、私の口を大きく動かして指導しました。

その結果、「ほは〜」「ほひ〜」「ほふ〜」「ほへ〜」「ほほ〜」の発音になりました。後は何度も発声練習を重ねるのみとなりました。

何らかの音や口の形と母音（あいうえお）を重ね合わせることで、母音以外の音を作ることができるとわかりました。これによりお風呂での私の独り言が多くなりました。

九月十四日、補聴器が二つ届きました。これまでのウォークマンを使った仮の補聴器よりも音量が大きく、周囲の音や家族の声も聞こえるようになりました。その分、スナヲさんが右足で床を「ドン」と鳴らす音も良く聞こえるようになり、茂雄さんがビクッとする光景も多くなりました。

「は行」の次に「な行」の発音の練習を開始しました。お風呂の中での研究では、「ん＋あ」で「な」になる予定でした。しかし、茂雄さんにそのように指導しても「な」になりません。

そもそも「ん」の発音が完成していませんでした。そこで、どうして「ん」の発音ができないのかを考えました。

茂雄さんをよく観察すると、いつも口が少し開いています。口と鼻の両方で息をしているようでした。

スナヲさんに二つのコップに水を入れて持ってきてもらいました。まず私がコップの水を少し口にふくみ、茂雄さんにも同じようにコップの水を少し口にふくむように指導しました。そのまま少しずつ上を向くようにしました。その結果、茂雄さんはすぐに咽込《むせこ》み、水を吐き出しました。

これまで鼻声を出すこともなく、うがいをすることもなかったようです。口を開けたまま鼻で息をすることもできません。そこで、うがいの練習を開始しました。

数日後、水を口にふくんだまま鼻声を発することができるようになりました。これによりまず「ん」の発音ができました。そこから「ん＋あ」に進みました。その結果、「んあ～」から「んな～」になってきました。

どうにかひとつずつ形になってきました。

第二章　初めての「お、か、あ、さ、ん」

スケッチブックを手に、「や〜ま」「か〜わ」

九月に「ん＋あ」で練習した「な行」は、十月に入ると「んな〜」が「な〜」になりました。唇の動きも良くなってきました。

唇をしっかり閉じた状態から「あ」「い」「う」「え」「お」を発音することで、「ま」「み」「む」「め」「も」の発音ができるようになりました。さらに「ぱ行」「ば行」の発音ができるようになりました。

十一月に入り、「わ行」「や行」の練習を始めました。

「う＋あ」「う＋お」で「ぅあ〜」「ぅお〜」となり「わ〜」「を〜」となり

ました。「い＋あ」「い＋う」「い＋お」で「ぃあ〜」「ぃう〜」「ぃお〜」となり、

「や〜」「ゆ〜」「よ〜」になりました。

年が明けて平成八年一月、「あ行」「な行」「は行」「ま行」「や行」「ら行」「わ行」の発音ができるようになりました。

一月十二日、「山」、「川」、「水」、「そら」、「日」、「寒い」の文字をスケッチブックの絵に重ね、茂雄さんと一緒に清武川の河原に車で行きました。寒い中での外出にスナヲさんが心配し、一緒に行こうとしましたが、二人だけで大丈夫と説明しスナヲさんには残ってもらいました。

ほとんど外出することのない茂雄さんにとって、車で十分ほどの距離の景色も新鮮に見えるのでしょう。目をキラキラさせながら移動中の車の窓から景色を眺めていました。

眩しい夕陽に照らされながら、スケッチブックを手に自然を眺め、私は山や川、空、太陽を指さし、「や〜ま」「か〜わ」「み〜ず」「そ〜ら」「ひ〜」と私の口を大きく動かして発音しました。さらにその後に、私は手足をぶるぶるさせながら「さ〜む〜い〜」と発音しました。

まだ「か行」「さ行」の発音ができていませんでしたが、目と耳と体、そして文字で記憶に残るようにと考えました。太陽は「たいよう」と四文字になりますが、先々「ひので」「ひざし」「ひやけ」などを発音することを考え、「ひ」だけの一音にしました。

一月十九日、「夜」を「よ〜る」と発音できました。一月二十九日には「山」を「や〜ま」と発音できました。今までは一文字の発音の練習ばかりでしたが、意味のある二文字単語を発音できるようになりました。

スナヲさんは茂雄さんが発音できるようになるのが嬉しいのですが、やはり教育ママ的行動が頻繁に見られ、スナヲさんのイライラや右足での床「ドン」が多くなりました。

スナヲさんがいない時は上手く発音できるのに、スナヲさんが後ろに座っている時は、茂雄さんの声が出なくなります。スナヲさんには申し訳ありませんが、退場してもらいました。

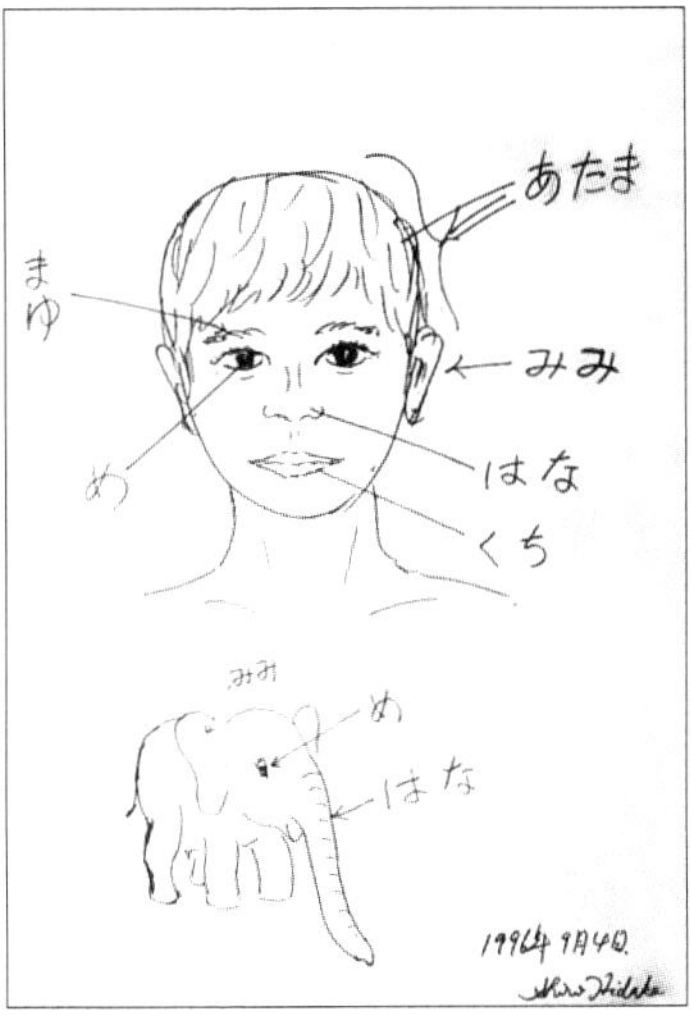

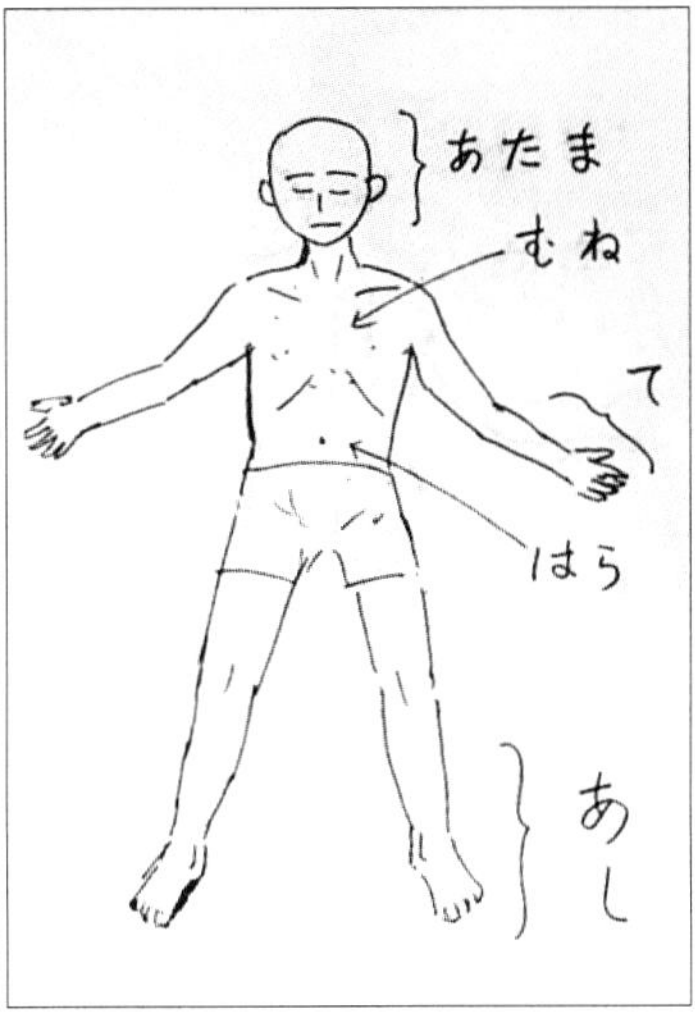

スケッチブックに絵を描いて、体の部分を示しながら
名称を覚えた。またこの頃、清武川の河原へ行き、やま、
かわ、そら、などの発音練習をした思い出も

花火が「ぶば〜ん」
自分の思いを自分で表現

「た行」の発音は、これまでの組み合わせではできないことが分かりました。「た」がどのように作られているのか自分の口の中で考えました。舌を上顎に押し当てて空気の流れを止め、空気圧を高めた後、一気に開放する時に「あ」と発音すると「た」になると考えました。しかし、それをどのように茂雄さんに指導すればよいかが問題になりました。

いろいろ考えた末、布のテープの端を口に含み、舌と上顎でテープを挟み、テープを引っ張っても簡単に取れないくらい舌に力を入れる練習を続けました。舌の力を抜くと同時に「あ」と発音すると「った」になりました。

同じように舌の力を抜くと同時に「い」「う」「え」「お」を発音すると、「っち」「っつ」「って」「っと」になりました。これにより「た行」の音がどうにかできました。

舌と上顎で挟んだテープを引っ張る仕草が「た行」を発音する時の合図になりました。

次は「さ行」の発音に取り組むことになりました。これまでどおりまず自分の口の中で考えました。口を少し開け、上と下の前歯の間に舌を軽く挟み込んで息を吐くと「すー」という音になります。この音に「あ」「い」「う」「え」「お」を重ねると「すあ」「すい」「すう」「すえ」「すお」になります。後はこれを何度も練習して「さ～」「し～」「す～」「せ～」「そ～」に近づけることになります。

しかし、茂雄さんの歯は、下の前歯が一本残っているだけでした。それもぐらぐらしています。これでは「さ行」の音は作れません。一本の前歯が抜けるのを待って、上下の入れ歯を作ることを考えました。それまでの間はこれまで練習して来た五十音を練習し、一文字単語、二文字単語を覚えることにしました。

「て」は「手」を口元から前に出す形で勢いよく「て～！」と発音しました。

「め」は右の人差し指で自分の目を指さしながら「め～！」と発音しました。

そのように楽しく練習しているうちに、いつの間にか「か」らしい音がでるようになりました。そこで「か」を忘れないようにと、「蚊」が「ブ～～」と飛んできて自分の腕にとまる真似をしてパン！と叩き、大きい声で「か～！」と発音しました。茂雄さんは笑いながら一回で「か」を覚えました。

そのようなことを家族と一緒にしていると、花火大会の話になり、茂雄さんが花火の破裂する音を「ぶば～ん」と言葉で表現しました。自分の思いを自分の声で初めて表現した瞬間でした。

「お〜か〜あ〜さ〜ん」ついに五十音の発音が完成！

二月からはひらがなを書く練習を始めました。二日後には自分でひらがなの書き取りをしていました。

茂雄さんと一緒に「つくえ」「いす」「かがみ」「はしら」などメモ紙に部屋の中の物の名称を書き、それぞれの場所に貼り付けて回りました。自分で五十音を書き、自分で発音する行動が見られるようになりました。発音もきれいになりつつあります。

茂雄さんの自宅周辺は、早期水稲と言って三月末から四月初めに田植えを早めに行います。茂雄さんの妹さんの夫正勝さんも田植えの作業をされます。

そのこともあり、「田植え」を「た〜う〜え」と教えました。茂雄さんは子どもの頃から田植えをしてきたこともあり、すぐに「た〜う〜え」と発音しておぼえました。

五月に入り、下の一本だけの前歯が抜けました。五月八日、近所の青山歯科に茂雄さんを連れていきました。びっくりしないように身振り手振りで本人に説明し、入れ歯を作るための型取りをしました。青山先生は「こんな地域医療もあるのか」と関心を示され、積極的に協力していただきました。

五月十七日、上下の入れ歯が完成しました。最初は慣れないため、発音する度に上の入れ歯が落ち、これまで練習して来た発音ができませんでした。タフグリップなど粘着剤を付けるとしっかり発音できるようになりました。

その結果、まだ完全ではありませんが「さ行」の音が以前よりきれいになりました。しかし、これまで練習して来た他の音が上手く発音できないことも分かりました。それも時間とともに改善が見られました。

七月には赤の色を見て「あ～か」と発音し、青の色を見て「あ～お」と発音しました。八月には、以前からある左肩の痛みを「いたい」と文字とともに教えました。意味を理解して、「いたい」と発音できました。さらに自分の名前「しげお」の発音の練習をしました。

八月二十八日より「おかあさん」の発声練習を始めました。最初は、「お、か、あ、さ、ん」でしたが、徐々に「お～か～あ～さ～ん」になりました。

十月二日、茂雄さん六十四歳は母スナヲさん八十六歳に向かって、文字を見ずに「お～か～あ～さ～ん」と言えました。スナヲさんは涙ながらに「ようここまで来たね。先生、ありがとうございます。茂雄がこれ以上、上手にしゃべれなくても満足です」と挨拶されました。胸が熱くなる思いでした。

その後も茂雄さんが「お～か～あ～さ～ん」と発音すると、スナヲさんが

（右）ノートのマス目いっぱいに書かれた名前。みずから字を書く練習をしていた。（左）平成8年10月、茂雄さんは初めて母スナヲさんに「おかあさん」と言えた

顔を出すという練習を繰り返しました。十月三十日から「おかあさん」の文字の書き取りを始めました。

十一月に入ると茂雄さんの風邪様症状が頻発するようになり、注射をしたり内服治療をしたりすることが多くなりました。

十二月十一日、これまで未完成だった「か行」がしっかり発音できるようになり、これで五十音全部の発音が完成しました。早速青山歯科に行き、待合室で青山先生を前に、つい大きな声で「五十音全ての発音が完成しましたあ！」と報告しました。

突然の報告に青山先生も一瞬何の報告かと驚かれ、茂雄さんの入れ歯を作ったことで五十音の発音が完成したと分かり、改めて「おめでとうございます！」と仕事の手を止めてマスクのまま挨拶されました。

青山先生には申し訳ないと思いながらも、六十年間しゃべらなかった人が五十音全て発音できるようになった感動を、誰かに大きい声でしゃべらずにはおれませんでした。

帰りの車の中で「やった〜あ！」と一人で叫びました。

血だらけのしげあんちゃん
外出は危険と隣り合わせ

六十年以上しゃべらなかった茂雄さん（しげあんちゃん）六十五歳が、文字を見て発音する生活が始まりました。母親のスナヲさん八十七歳も元気です。

私の子どもたちが使っていた積み木を持ち寄り、積み木に書いてある五十音を読みながら並べていくという練習を始めました。毎週三回訪問し、一時間ずつ練習を続けました。

平成九年四月、山積みにした積み木を一つひとつ取りながら、積み木に書かれている文字を読み、定位置に並べることができるようになりました。

七月になると「こ〜ん〜に〜ち〜わ」「さ〜よ〜う〜な〜ら」と発音でき

るようになりました。玄関に「こんにちわ」「さようなら」の文字を大きく書き、毎回玄関で挨拶するようにしました（本来「こんにちは」ですが、発音上「こんにちわ」と教えました）。

その後も発語訓練を続け、五十音の発音も安定してきました。文字を見て発音することは順調にできるようになりましたが、五十音を聞き取ることはできませんでした。しかし発語も多くなり、表情も豊かになり、それなりに家族内での会話は多くなりました。新聞を見て自分の好きなテレビ番組があるかを確認できるようになりました。

平成十年より気管支炎、関節痛、転倒が徐々に増え、在宅で点滴治療をすることが多くなりました。徐々に体力も低下し、好きなテレビを観て過ごすことが多くなりました。元気なスナヲさんは、息子のその姿を見て少しでも外を歩くようにと右足で床ドンをして怒ります。そのたびにしぶしぶと散歩に出ては転んで帰ってきます。

それから九年経った平成十九（二〇〇七）年五月八日、同じようにしぶしぶ散歩に出た茂雄さん七十五歳は、自宅前の路上で前方に転倒し、額に大けがをします。顔中血だらけになった茂雄さんを見た家族は大騒ぎです。九十七歳のスナヲさんはビックリして動けません。

妹さんから私どもの医院に、「しげあんちゃんが、しげあんちゃんが、倒れて顔中血だらけになっている……」と慌てた様子で電話連絡がありました。

うどん、パチンコ、デイサービス
新しい人々とのふれあい

緊急で往診してみると、意識はしっかりされていますが、額中央部に径三センチほどの皮膚欠損があり、皮膚移植などの専門の治療が必要な状況でした。総合病院の形成外科を紹介し、受診してもらいました。結果は、皮膚移植はせずに時間をかけてゆっくり治すことになりました。妹さんのご主人の正勝さんが通院の送り迎えをすることになりました。これまで外出することが少なかった茂雄さんにとって市内の大きな病院に定期的に通院することは、新しい空気に触れ、若い看護師さんたちとの会話も増え、笑顔も多くなり、今までにない人生の始まりでした。病院からの帰りには、正勝さんとうどんを食べたり、パチンコ屋に行ったりと、怪我したことにより新たな体験が多くなりました。家に帰ると、スナヲさんや妹さんに今日の出来事を、口や手を一生懸命動かして伝えていました。お風呂はいつも正勝さんと一緒に入るようになりました。お風呂からはいつも笑い声が溢れていました。

平成二十（二〇〇八）年、七十六歳になってからデイサービスに通うようになりました。若い介護士や言語療法士によるリハビリを毎回楽しんで過ごしていました。小学生が学校から帰り、母親に今日の出来事を報告するかのように、毎回幸せそうな顔で家族に接していました。まだ有効な会話は実現できませんでしたが、発語訓練を通して幸せな時間が生まれました。

しかし、これまで文字を見て声を出していましたが、白内障による視力低下によって文字と発語がなかなかつながらなくなってきました。また、これまで気管支炎を繰り返してきましたが、肺炎で入院することも多くなりました。そんなとき正勝さんは、いつもそばにいてくれました。

（右）通院の送り迎えを担っていた義弟の正勝さんのおかげで、茂雄さんの世界は広がった。（左）76歳から通い始めたデイサービスをいつも楽しみにしていた

第三章　家族の絆

百歳祝いの裏で始まっていた老老介護

平成二十（二〇〇八）年六月十八日スナヲさんが九十九歳を迎えました。これまで元気で過ごして来られましたが、やはり年齢相応に体力低下が見られ、転ぶことが多くなりました。肺炎で入院することも多くなりました。しかし、家族の注意も聞かず草餅作りに使うヨモギを田んぼに採りに行きあぜ道で転んだり、玄関に新聞を取りに行き転んだりと気持ちは歳を取っていません。

そうはいっても、親が超高齢になると家族も高齢になります。七十六歳の茂雄さんは、夜中に起きて考え込むようになりました。何を考えているのかはわかりません。茂雄さんも気管支炎、胸やけ、肩や膝の痛みなど年齢とともに悪くなるばかりです。夜中に考え込む茂雄さんの姿を、となりのベッドでそうっと見ているスナヲさんは、「どこまで茂雄を守っていけるだろうか、自分も歳を取った分、娘たちに迷惑をかけるのではないか……」などといろいろ考えて頭が痛いと話されます。

朝になると茂雄さんは、大好きなデイサービスに元気に参加します。しかし、膝の痛みが強くなり元気がありません。白内障で視力が低下したこともあり、好きなテレビ時代劇もあまり観なくなりました。

平成二十年九月から女性のリハビリの先生が訪問してくれるようになりました。そのためか茂雄さんはずいぶん元気になりました。先生と一緒に「おかあさん」や妹さんの名前の「たかこ」の文字を書くようになったり、シルバーカーを使って庭を一緒に歩いたりと元気になりました。

その後も「め」「みみ」「あたま」「て」「あし、あし、あし……」と楽しく発語訓練も進んでいきました。

楽しく歩行訓練、発語訓練を行っているデイサービスに、時には正勝さんが迎えに行くこともありました。正勝さんの運転する車の中で、茂雄さんなりの発音で今日の出来事を楽しそうに報告する光景があったようです。

平成二十一（二〇〇九）年六月十七日、明日はスナヲさんの百歳の誕生日です。親族だけで五十人集まるそうです。スナヲさんもびっくりしています。

しかし、茂雄さんは悩んでいます。茂雄さんは、母親の百歳のお祝いよりデイサービスに行きたいと言います。でも家族に押し切られ、六月十八日のデイサービス参加はお休みとなりました。

百歳のお祝いは盛大に執り行われ、スナヲさんはしっかりと立って多くの親族にこれまで茂雄さんと共に生きてきたこと、みんなに支えられてここまで来れたことなど、感謝の言葉を力強く話されたそうです。まったく百歳には思えないスナヲさんでした。

平成二十一年七月、百歳のスナヲさんは腰が痛いと言いながらも元気な内にと娘さんの居る横浜に一週間旅行に行かれました。まだまだ現役です。

平成二十一年八月八日、茂雄さんは自宅の庭で転び額を打撲しました。今回は脳外科に救急搬送されました。頭部ＣＴ検査では幸い異常ありませんでした。三針縫って帰ってきました。

スナヲさんは元気でも、確実に家族みんな老老介護の状況になっています。

平成二十一年十月二十九日、七十一歳の正勝さんは茂雄さんの入浴介助で腰を痛めて日高医院に痛み止めを求めて来られました。いつも笑顔の正勝さんが、「茂雄さんの介護がすべて自分に降りかかってくる……」と本音を漏

スナヲさんの100歳の誕生会には、県内外から親族一同約50人が集まった。盛大な会のなか、スナヲさんは感謝の言葉を述べた

らされる時がありました。それでも、いつも笑顔で裏方としての仕事をこなしておられました。

平成二十二（二〇一〇）年一月十三日、ＮＨＫの百歳バンザイの取材が始まりました。いつも近所を歩いて運動しているところや、お得意の団子作りの様子など、約一か月にわたる取材で、さすがのスナヲさんも疲れたと話しておられました。

スナヲさんの百歳バンザイが放映されると、団子作りの講習依頼がいくつも来たそうですが、すべて断ったそうです。

ゆっくりと、確実に訪れる老い
家族の大きな柱を失った日

七十八歳になった茂雄さんは、自宅で二回も転び、起き上がれないほど脚力が低下しました。そのたびに七十二歳の正勝さんが支えていました。スナヲさんも転ぶことが多くなり、百一歳になってからはシルバーカーを押しての散歩になりました。

平成二十三（二〇一一）年二月これまで楽しく訪問リハビリをしてくれた女性の先生が退職することになりました。茂雄さんはガッカリです。食欲が落ち、風邪をひきやすくなりました。茂雄さんが便失禁することがありました。正勝さんは、茂雄さんをお風呂に連れていき、洗ってやりました。その頃から正勝さんはコルセットをして介護をしています。

平成二十三年三月二十二日、七十九歳の茂雄さんは朝から咳が出ています。家族みんながデイサービスを休むようにと言いますが聞きません。その日の午後、呼吸症状が悪化し、肺炎で宮崎東病院に入院することになりました。

平成二十三年四月二十日、茂雄さんはすっかり元気になり、大好きなデイサービスに参加しています。百二歳になったスナヲさんは、ドライブが大好きで娘さんたちとどこへでも行きます。元気です。

平成二十四（二〇一二）年一月、七十四歳の正勝さんは、疲れと体力低下で時々立ちくらみやめまいを感じるようになりました。それでも茂雄さんを支えています。

平成二十四年二月、自宅に大画面のテレビが入りました。これまで白内障のこともあり、しばらく観なかったテレビをまた観るようになりました。笑いが多くなりました。家族の会話も多くなりました。

平成二十四年三月、スナヲさんは、心不全が悪化し右胸に水が溜まり循環器科に入院になりましたが、みんなが心配しましたが、すぐに元気になり帰ってきました。

四月、娘さんの介護負担を軽くするために、ケアマネジャーの勧めでデイサービスに参加することになりました。しかし、自分よりもずっと若い人たちの方が元気がなく、面白くないと言ってすぐに帰ってきました。この頃から「長生きすると皆に迷惑をかけるので早く迎えに来てほしい」と言うのが口癖になりました。確かに娘さんの介護負担が大きくなってきました。

平成二十四年六月、百三歳になったスナヲさんは、まだ何でもしゃべりたいと言って、近所まで歩いて行きます。十月になると東京へ旅行に行きました。今回はさすがに疲れたと言います。

平成二十五（二〇一三）年二月、八十一歳の茂雄さんは、以前からあったリウマチの症状が強くなって箸を持てなくなり、スプーンでゆっくり食べるようになりました。そしてトイレが間に合わなくなり、常時オムツを使うことになりました。

四月、咳と痰が多くなり、上手くしゃべることができなくなってきました。単語も出てこなくなってきました。

平成二十五年六月、百四歳になったスナヲさんも転ぶことが多くなり、散歩することもなく寝ていることが多くなりました。九月の敬老会は、心不全の悪化で初めて欠席しました。

茂雄さんは、大好きなデイサービスに月、火、木、金、土と週五回参加しています。茂雄さんも転倒しやすいため、介助での歩行になりました。

平成二十五年十月、茂雄さんは少し動くだけで咳き込むことが多くなりました。七十五歳になった正勝さんも、若い時からタバコが多かったこともあり、少し走ると咳き込むと言いながらも、茂雄さんやスナヲさんの通院の送り迎えをしています。

平成二十六（二〇一四）年一月十三日、正勝さんが呼吸苦を訴えて私どもの医院に来られました。二、三日前から咳が出るようになり、徐々に息が苦しくなったと言われます。胸のレントゲンでは間質性肺炎の悪化が疑われました。指で測る酸素濃度も正常値をはるかに下回っていました。

すぐに入院が必要と考え、いろんな総合病院に電話をしました。しかし、ちょうどインフルエンザの時期でどこの病院も満床で受け入れてもらえませんでした。急遽、自宅に在宅酸素療法の機械を取り寄せ、明日再度入院をお願いすることになりました。

酸素吸入で幾分症状は軽くなり、その夜は自宅のベッド上で書類の整理をされていたようです。

一月十四日朝六時、呼吸が苦しいので酸素量を増やしてもよいかと妻から電話がありました。酸素量を増やしてくださいと伝え、十分後には呼吸が楽になったと報告がありました。

六時半、妻から電話があり、呼吸が停まっていると報告がありました。

急遽現場に駆け付けました。

あと三日で七十六歳になる朝でした。

表からは見えない、大事な、大事な、大事な柱が倒れた瞬間でした。

表立って評価されることはなくとも、最後まで家族を
支え続けた正勝さん（中央）。一家の大きな柱だった

百四歳、母スナヲさん逝く
言葉にならなかった「おかあさん」

一月十五日、茂雄さんとスナヲさんは一緒に特別養護老人ホームに急遽ショートステイで入ることになりました。正勝さんの妻である茂雄さんの妹の孝子さんは突然の悲しみに身を置く中で、茂雄さんとスナヲさん二人を一人で介護することは現実的に無理でした。孝子さんは、これからどうすればよいのか考える余裕もありませんでした。

一月二十三日、茂雄さんは、みんなで楽しく過ごした家に帰りたくて毎日静かに泣いています。スナヲさんは施設内に自分と話せる元気な人が誰もいないため、毎日イライラしながら過ごしています。「このままでは、茂雄も私も駄目になりそうだ！」と娘の孝子さんに電話で強く当たるようになりました。

孝子さんは、妹さんたちやケアマネジャーと相談し、茂雄さんだけ家に帰し、スナヲさんは家の近くにある有料老人ホームに入所することになりました。

二月、八十二歳になった茂雄さんは、久し振りに自宅からデイに参加することになりました。しかし、約二週間のショートステイ中、まったく発語訓練をしていなかったため、これまでできていた「さようなら」「おかあさん」の発語ができなくなりました。さらに体力も急速に低下しました。

夜は、孝子さんと二人だけです。隣のベッドにいた母スナヲさんはいません。夜中に起きる時は、笛を吹いて孝子さんを呼びます。

二月から有料老人ホームに入ることになった百四歳のスナヲさんは、孝子さんの置かれている状況を理解したようで、あまり文句を言わなくなりました。しかし、最期は自宅で迎えたいとしっかりと話します。

三月、スナヲさんの心臓は徐々に弱ってきました。痰も多くなってきました。

三月十六日、以前からあった心不全が悪化し、指で測る酸素濃度も低下してきました。急遽、在宅酸素療法の機械を取り寄せ、酸素吸入を始めました。三月十八日午前四時、呼吸状態が悪化しました。家族にはあと数時間の命だと思いますと説明しました。そして、最期は自宅で迎えたいというスナヲさんとの約束を話し、午前五時に自宅に帰ることになりました。家には十分で到着しました。孝子さんの妹さんたちが準備した仏壇の前の布団に、みんなでそうっと寝かせました。

自宅に帰り着いた後、呼吸状態が改善し酸素濃度もよくなりました。眼を開けて、「予定通りだ」「やっと落ち着いた」と話します。さすがスナヲさん。百四歳、最期の時でも自分の思いをしっかり表現していました。

三月二十一日午前七時前、百四歳と九ヵ月の人生が終わりました。

お通夜には、茂雄さんも一緒に兄妹家族みんな葬祭場に泊まり込んで過ごされたそうです。茂雄さんはスナヲさんをじっと見つめて離れようとしなかったそうです。しかし「おかあさん」の言葉は出ませんでした。

しげあんちゃん、八十二歳と七ヵ月の人生

平成二十六（二〇一四）年四月、茂雄さんは、また大好きなデイサービスに参加することになりました。以前と同じように、家に帰ると今日の出来事を妹の孝子さんに楽しそうに報告します。

四人で食べていた夕食は二人だけになりました。それでも以前と同じように茂雄さんなりの表現で話します。咳き込みながら夢中になって話します。夜中に咳き込んで起きることが多くなりました。体重も少し減りました。

六月十八日、スナヲさんが元気であれば百五歳の誕生日です。

その日、茂雄さんの咳がひどくなり、息切れも強くなりました。肺炎です。すぐに宮崎東病院に連絡し、入院となりました。直ちに治療が始まり、肺炎の改善が見られました。しかし、関節リウマチが進行しリハビリは進まず、寝ることが多くなりました。

発語訓練もできないため、飲み込みも悪くなり誤嚥性肺炎を繰り返すようになりました。栄養状態も徐々に悪くなり肺炎が悪化し、酸素濃度も低下してきました。

正勝さんが元気だった頃は、正勝さんの運転で孝子さんも病院に駆け付けたりしていましたが、今はすぐに動けません。バスやタクシーを使っての移動になります。

八月二十七日、茂雄さんは宮崎東病院で八十二歳と七ヵ月の人生を終えました。

かたい絆で結ばれた母と子。茂雄さんは亡き母スナヲさんの105歳の誕生日に体調を崩し、2014年8月27日、旅立った

茂雄さんとスナヲさんの六十年
——あとがきにかえて

平成七（一九九五）年七月六日に茂雄さんに出会ってから十九年間、茂雄さんの家族の人生にお付き合いしました。

その人生は時間をさかのぼり、昭和七年一月三十一日に七人兄妹の長男として茂雄さんが生まれ、祖父が歩き始めた茂雄さんの手を取り田園の中で楽しく話しているところから始まります。

三歳になる年に四十度を超える高熱を出した後から、茂雄さんはしゃべらなくなります。高熱による難聴が原因でしゃべらなくなったことを、誰も説明することはありませんでした。母親は、高熱による脳の障害で喋らなくなったと思い込みます。

そして六十年が経過し、私は六十三歳の茂雄さんに出会いました。補聴器をつければ聞こえることが分かり、しゃべらなくなったのは脳の障害ではなく、難聴によるものだと母親のスナヲさんに説明しました。その時のスナヲさんは、茂雄さんの六十年を振り返り、どうして検査に連れていかなかったのか、悔しくて、申し訳なくて、立ったまま泣いていました。その姿が忘れられません。

往診で出会った茂雄さんの症状は急性上気道炎でしたが、その治療だけで終わることはできませんでした。「六十年」という重いものが頭から離れませんでした。その時の「六十年」は、茂雄さんの「六十年」だけでなく母親の「六十年」でもありました。自分に何ができるのだろうかと考えながら二人を見ました。

答えは共に生きる。あらゆる可能性を求めて挑戦する。諦めない。その中に二人の生きる希望を生み出すこと。そこから、初めての自分流の言語療法が始まりました。

大学の耳鼻咽喉科に相談しましたが、母親のスナヲさんは私の在宅での言語療法を求めました。

日々変わっていく茂雄さんの表情やスナヲさんの笑顔、そして遠方から駆け付けた妹さんたちの驚きなどが、私の言語療法を後押ししてくれました。

「おかあさん」「こんにちわ」「さようなら」などを言える

ようになった時の家族の喜び、デイサービスで若い女性によるリハビリに初めてわくわくする茂雄さん、頭を怪我して通院が始まり、帰りに正勝さんとパチンコに行ったり、うどんを食べに行ったり、正勝さんと楽しく一緒にお風呂に入ったり。そしてスナヲさんの百歳の誕生日、NHKの百歳バンザイの取材など、これまでの「六十年」を忘れるかのように、キラキラとした日々が過ぎていきました。

そして、家族の高齢化という、避けては通れない現実が忍び寄ってきます。

一人ひとりがこれまでの生活をいつまで続けられるだろうかと考えるようになります。それぞれが持病を抱えながら支え合って来た柱が一つ抜けることにより、それぞれがいかに大事な存在であったかを思い知らされる出来事が始まります。

「六十年」という時間は、平成七年七月六日に私が茂雄さんと出会うように仕組まれた時間だったのでしょうか。茂雄さんに出会って、人はどうにかして通じ合おうと努力するものだ、そして、言葉にならなくても心が繋がることの喜びを共有することができるということを教えてもらいました。

スナヲさんからは、母親の強さ、そして、母親の真の愛情を教えてもらいました。

正勝さんには、表立って評価されなくても笑顔で静かに支え続けることの大事さを教えてもらいました。

孝子さんには、一つひとつの悲しみの中で現実を受け入れて逞しく生きることを教えてもらいました。

茂雄さんの発語訓練に大きな存在として青山歯科がありま
す。あの時の総入れ歯が完成しなければ、五十音の発音は完
成しませんでした。

これまで何度も茂雄さんの肺炎治療に携わっていただいた
宮崎東病院の先生方に感謝を申し上げます。

緊急でショートステイを受け入れていただいた特別養護老
人ホームや有料老人ホームに感謝申し上げます。

「六十年」の時間を埋めるかのように、いつも楽しくリハ
ビリに当たっていただいたデイサービスのスタッフ全員に心
から感謝を申し上げます。

カルテに記載された茂雄さんの人生が、誰にも知られずに

カルテ棚に埋もれていくのがあまりにも寂しくて、「しげあんちゃん」を書きました。

皆さんの心の中に「しげあんちゃん」が生き続けることを希望します。

二〇二〇年七月

日高　四郎

[著者略歴]

日高　四郎（ひだか　しろう）

1954（昭和29）年　５人兄弟の末っ子、男では四番目、一卵性双生児の弟として生まれる
1958（昭和33）年　父日高敏美の開業とともに現在の日高医院の地に移り住み、父の往診について回る
1973（昭和48）年　宮崎南高校卒業
1986（昭和61）年　長崎大学医学部卒業
1988（昭和63）年　長崎北徳洲会病院（救急病院）入局。外科、整形外科、リハビリ科、脳外科、内科、精神科、小児科、産婦人科を研修後、外科医として勤務。その後、長崎友愛病院に転勤
1995（平成７）年　帰郷し、日高医院の内科勤務医となる。父とともに外来診療と在宅医療を開始
1996（平成8）年　日高医院院長となり、父の後継者として新たに出発
2003（平成15）年12月6日　父が在宅で死去。その後、母の介護が始まる
2006（平成18）年3月12日　母が死去

その後、自宅で最期を迎える患者を診る機会が多くなり、現在に至る。

しげあんちゃん

——六十年の沈黙を乗り越えた男性と家族の軌跡

二〇二〇年八月　三　日　初版印刷
二〇二〇年八月二十七日　初版発行

著　者　日高四郎 ©

発行者　川口敦己
発行所　鉱脈社
〒八八〇-八五五一
宮崎市田代町二六三番地
電話　〇九八五-二五-一七五八
印刷
製本　有限会社 鉱 脈 社